# LE FIDÈLE

# PÉLERIN,

## D'ÉCOSSE ET DE BOHÊME.

# LE FIDÈLE
# PÉLERIN,

## D'ECOSSE ET DE BOHÊME;

## PAR M. P. CORBEL,

*Ex-Percepteur et Receveur communal.*

## CAEN,

CHEZ T. CHALOPIN, IMPRIMEUR-LIBRAIRE.

1833.

# AVANT-PROPOS.

En politique, comme en religion, il est des convictions inébranlables ; l'une et l'autre auraient encore des martyrs. L'on s'attache à la croix persécutée, au trône renversé, à la gloire malheureuse, comme le fidèle compagnon du berger à la garde de son troupeau, ou au tombeau de son maître.

Dans la nature il est aussi des sentimens que rien n'arrachera du cœur de l'homme : le parjure, l'avarice, la lâcheté, l'usurpation, excitent le dégoût et la haîne. Le crime, la calomnie, l'assassinat, inspirent de l'horreur.

Le souvenir d'un bienfait se grave dans la pensée. L'on respecte les cheveux blancs et l'innocence. La douce enfance fait naître l'intérêt et l'amour. Pour le courage, c'est de l'enthousiasme, de la simpathie, de l'admiration : l'infortune a un culte et l'exil des autels.

C'était pour me prosterner à ces autels que moi, fidèle ami du malheur, déjà j'étais allé, au-delà des mers, à travers les neiges, frapper à la porte du vieux palais d'Ecosse.

Devant moi les ponts s'abaissèrent, car deux jeunes enfans avaient entendu les accens de la patrie; ils s'étaient écriés: Ouvrez, ouvrez bien vîte au pauvre pélerin qui vient du beau pays de France.

Et déjà ils m'entouraient et ils me disaient: Nous apportez-vous des fleurs de notre pays? parlez-nous de nos amis, parlez-nous de la France! est-elle heureuse? l'air y est-il toujours pur? la reverrons-nous un jour? hélas! ici, voyez comme le ciel est froid et sombre!

Attendri par de si touchantes paroles, je me disais: Qu'ont-ils fait, eux si jeunes, si innocens, pour être disparus dans le tourbillon qui emportait les rois?

Puis me prenant par la main, ils me conduisirent à leur famille. C'est un Français! un rayon de bonheur passa sur ces nobles fronts cicatrisés par la foudre. L'on aurait dit de voyageurs errans, égarés à travers le désert et rencontrant un ami qui vient offrir un guide à leur course vagabonde, un verre d'eau à la soif qui les brûle.

L'arrivée d'un Français était trop rare sous les tourelles d'Holyrood : trop de bonté, trop de bienveillance étaient dans l'ame des proscrits qui avaient demandé un refuge à ce vieux toît du malheur et de l'hospitalité, pour ne pas y recevoir un accueil affable et confiant.

Aussi, pendant mon séjour, au milieu des montagnes Écossaises, me fut-il permis à moi, homme étranger, de m'entretenir tous les jours avec ce vieux roi chevalier, avec ces princes, qui inspiraient d'autant plus de vénération qu'ils étaient tous couronnés d'épines.

Il fallut se quitter ; je fus recueillir leurs touchantes paroles et leurs vœux pour la France, l'attendrissement était général. Les larmes coulaient ; je jurai foi et hommage à tout jamais au roi de mon cœur et de mes espérances, je leur jurai à tous de les aller revoir, partout où les appellerait la volonté du Maître

des rois et des peuples. Chacun me donna un
sourire, un gage de satisfaction, et pour adieu la
jeune orpheline me fit remettre ces mots... ces
mots tracés de sa main : *Recevez, Monsieur,
mes vœux pour votre voyage et pour votre bonheur, ainsi que pour celui des personnes qui
pensent à nous en France.*

LOUISE.

Quel sentiment me porta donc à aller, loin de
ma jeune famille, au milieu des rochers et
des lacs de l'Écosse, et à franchir naguère
encore les monts de la Bohême?

Fatigué comme tous les Français d'un règne
dont les excès et la gloire avaient accablé la
patrie, je saluai le retour des vieux rois de
France avec enivrement. Je m'attachai à leur
service; ils ont été mes bienfaiteurs (1). Je

(1) Courrier du cabinet du roi avant les cent jours, et depuis,
percepteur, j'ai été destitué en 1830; à mon retour d'Ecosse,
le juste-milieu m'a aussi accordé les honneurs d'une visite domi-
ciliaire. ( *Journal de la Normandie*, n° du 1er. juillet 1832).

les aimais à cause de leurs vertus, à cause de leurs malheurs ; je les aimais surtout à cause du bonheur qu'ils procuraient à mon pays. Parce qu'ils sont précipités, devais-je les abandonner aussi ! ! !

Je suis, si on le veut, *un homme sans anciens titres, sans antécédens*! Mais je porte dans ma poitrine un cœur qui ne sait pas oublier le bien que l'on m'a fait.

*Mes titres*, il est vrai, ne datent pas! Ce sont les quelques mots que deux fois la sœur de Henri a tracés pour moi; mais ces titres, je puis en révéler l'origine sans que le front centenaire de l'auteur de mes jours puisse en rougir; je puis, dis-je, rappeller *mes antécédens*, sans que la postérité puisse m'accuser d'avoir abandonné la bannière des descendans de Saint-Louis, qui fut celle de mes pères, et trahi la confiance de ceux qui m'honorèrent de la leur et de leurs bienfaits !

*Mes antécédens*, à moi! ce sont ma fidélité, mon dévouement, ma reconnaissance qui ne m'ont pas conféré le droit de m'endormir tranquillement ou de me livrer à une joie que réprouve ma conscience, tandis que mes anciens rois sont jetés sur la terre étrangère, et que l'héroïne vendéenne, la femme siècle, expiait à la bastille de Blaye, dans les douleurs d'une lente agonie, les bienfaits de son grand cœur de mère et sa vertu intrépide de veuve ! !....

# PREMIÈRE PARTIE.

Paris, 16 mars 1855.

# A MON AMI M. R....

C'est donc demain que mes pas vont se diriger vers Prague ; ainsi s'accomplira pour moi un nouveau pélerinage d'amour et de fidélité. Oh ! si ma course pouvait suivre mon cœur, que l'espace qui me sépare des objets de mon culte serait bientôt franchi. L'instant de mon départ serait celui de mon arrivée, et demain, je reverrais cette famille de rois, si bonne et pourtant si calomniée ; ces princes qui sont accablés sous le poids de l'exil, parce que la France est malheureuse. Car la France, le bonheur de la France, tel est toujours, sur le trône comme dans l'exil, l'unique but de leurs pensées. Demain, je reverrais ce jeune enfant qui devait hériter de la couronne de Henri IV, trop large pour certains fronts étroits, comme il a hérité de son courage et de ses vertus ; je reverrais l'orphelin de la France, objet de haine pour le plus petit nombre, et il n'a pas encore treize ans! d'amour et d'espérance pour tous les cœurs français, car il est Bourbon, et le malheur est son école. Je reverrais sa sœur, si douce, si innocente et si belle. Oui, elle doit être belle à moins que le chagrin...... Mais non, on a dû leur laisser ignorer, et je me garderai bien de relever à ces pauvres enfans que leur mère est captive !....

Mais demain..... à Prague..... aux pieds de mes princes !.... Impossible ! eh bien ! pour charmer mon impatience, les pays que j'aurai à parcourir viendront offrir à mes regards, à mes méditations et à ma reconnaissance la simplicité hospitalière de ses habitans, le pittoresque de ses sytes, la majesté de ses forêts d'où les Francs s'élancèrent. Car c'est l'antique Germanie. C'est aussi l'Allemagne où il n'est pas un chemin qui ne conserve l'empreinte des pas victorieux de nos soldats.

J'aurai encore ton sein, mon ami, pour déposer mes ennuis et le fruit de mes réflexions de chaque jour.

C'est ainsi que , sans quitter ton foyer, tu deviendras le compagnon de mon voyage et que je parviendrai à tromper la longueur de la traversée.

ADIEU.

Stuttgard , 23 mars 1833.

MON AMI,

Après trois jours de marche , passés sans rien de remarquable , je suis arrivé à Strasbourg : je suis allé voir M. S.... ton ami , et je lui ai remis ta lettre et les objets d'histoire naturelle. Il a eu la bonté de me faire viser mon passeport pour Ratisbonne.

De Strasbourg, je me suis rendu à Kell qui en est éloigné d'une lieue, de l'autre côté du Rhin. J'aurais été charmé d'y voir le fort que les Français bâtirent sur le plan de Vauban, pour défendre Strasbourg ; mais il n'en reste que le souvenir ; pas un débris.

Personne à Kell ne parle français ; aussi je ne sais comment je serais sorti de l'hôtel où j'étais descendu si le hasard ne m'avait fait rencontrer un voyageur saxon ( M. Salat ), qui vint s'interposer entre moi et le maître de l'hôtel. Ce brave homme suait sang et eau à m'expliquer combien je lui devais. Du reste, j'avais été très-bien soigné chez lui et à bon compte. Je le recommande aux voyageurs.

Pour aller de Kell à Stuttgard se trouve Carlsrhue. La route qui conduit à cette petite ville est étroite, mais l'aspect varié du sol la rend très-agréable à parcourir. Elle est bornée par deux belles forêts de sapins. Un grand nombre de croix et de calvaires en pierre peinte en blanc et en jaune la parsèment. Le ciel est beau, mais très-froid.

Ayant trois heures à dépenser avant de monter en diligence pour Stuttgard, je me suis promené par Carlsrhue. Les maisons sont bâties en bois recouvert de plâtre. Une peinture verte et jaune donne à ces constructions un coup-d'œil riant. Elles n'ont qu'un étage. Les rues sont larges, bien alignées. De chaque côté est un trottoir.

Cette ville est la résidence du grand duc

de Bade. Son palais est remarquable par son architecture élégante et régulière. On y arrive par des chemins de gazon, à travers de belles avenues d'ormes.

Casernes en brique rouge, fonderie de canon, peu de commerce. Il y a environ 3o,ooo habitans. C'est la demeure des riches du duché. Une ceinture de promenades l'environne.

Quelle mauvaise route, mon dieu, de cette ville à Stuttgard ! beaucoup de montagnes ; et puis, il est tombé de la neige, de la neige à torrens. Mais par bonheur me voilà arrivé.

Observations générales : par toutes les villes où je passerai, je dois faire viser mon passeport. Presque toutes ont été prises par les Français.

Ta curiosité, mon ami, me demande quelques détails sur Stuttgard, écoute :

Le palais du roi est vaste, sans uniformité.

Le levant, le midi et le nord, servent au ministère. La façade du couchant est charmante.

Au milieu du palais s'élève un pavillon que surmonte une énorme couronne en or.

J'ai vu le beau-frère du roi passer la revue des lanciers dont il est le colonel.

J'ai vu la reine se promener en calèche découverte, et pourtant il faisait bien froid, mais le temps était beau.

J'ai vu les rues larges, sans alignement, sans trottoirs. Les maisons ont deux ou trois étages ; toujours construction en bois et en plâtre : peintures de diverses couleurs. La dominante est le vert; tant mieux, cela prouve un bon goût.

La chancellerie est un monument superbe. Stuttgard s'étend sur un plaine agréable et fertile entre deux chaînes de montagnes hérissées de vignes, et dont le sommet est ombragé d'arbres verts; 31,000 habitans, moitié protestans, moitié catholiques. Les femmes ont une mise grossière. Leur vêtement est court. Elles ont de beaux cheveux partagés en deux tresses flottantes sur le dos. Deux rubans en soie noire, et qui partent d'une petite calotte que l'on nomme cappe , accompagnent ces tresses.

Elles portent les provisions dans des paniers posés sur leurs têtes.

Les hommes de la campagne ressemblent beaucoup par leur mise et leur physionomie à nos bretons; de larges chapeaux. Leurs habits sont très-longs , couleur noire, doublés en rouge, ornés de grands boutons en acier.

Dans les environs de Stuttgard et sur le bord des routes, doux spectacle pour un normand, j'ai vu beaucoup de pommiers et de poiriers. L'on n'y boit cependant que du vin, nommé vin du Rhin.

Je n'ai point rencontré de Français. Quelques naturels parlent notre langue.

Dans mes excursions, à une lieue de la ville, sur la route de Nuremberg , au-delà d'une grande rivière, le Newher, j'ai remarqué, au haut d'une montagne, au midi, un assez beau château, où sont détenus les forçats du royaume, tous habillés individuellement moitié gris, et l'autre noire du haut au bas; et sur les bords de la rivière plusieurs manufactures de draps.

Tu dois être content. Ma plume en est émoussée.

ADIEU.

~~~~~~~~~~~~~~~~~~~~~~~~~~~~~~~~~~~~

Nuremberg, 26 mars 1833.

CHER AMI,

Lettre sur lettre. J'espère que je ne t'oublie pas. Du reste, je m'y trouve un peu intéressé; car je suis ici depuis hier, j'ai tout vu; je n'ai plus rien à faire jusqu'à l'heure du départ. Je m'ennuierais; j'aime mieux t'écrire.

De Stuttgard à Nuremberg 48 lieues, route assez belle. Grande variété. Plaines, montagnes, forêts et vignes arrangées avec une élégante symétrie.

A onze lieues de Stuttgard, nous avons relayé dans une petite ville remarquable par le pont qui la divise en deux. Au milieu de ce pont est une statue de la vierge dont le front est ceint d'une couronne d'or. Elle s'appelle, comme la montagne qui s'élève au nord, *Salvator mundi.*
~~~~~~~~~~~~~~~~~~~~~~~~~~~~~~~~~~~~

Nuremberg renferme de 35 à 40 mille habitans , 600 seulement sont catholiques ; leur
église se nomme Notre-Dame ; elle n'est pas
grande, mais elle est riche. Le tableau du
maître-autel m'a paru magnifique. Il représente
Notre-Seigneur expirant sur la croix.

Hier se célébrait la fête de la Vierge ; j'ai
assisté à la grand'messe ; j'y ai vu communier
sous les espèces du pain et du vin.

J'ai remarqué que plusieurs personnes fai-
saient le signe de la croix avec la main
gauche.

Les rues de la ville sont larges, mal alignées.
Les maisons sont élevées ; elles sont peintes
de différentes couleurs. Celles qui sont bâties
en pierre sont rouges, couleur de la pierre.

Les femmes sont belles. Leur mise est élégante. Elles sont coiffées en cheveux divisés
en trois tresses qu'un peigne brillant ramène
et captive sur la tête, ce qui rend leur coiffure très-élevée.

Tu sais que Nuremberg est une des villes

les plus grandes et les plus fortes de l'Allemagne. Son commerce est très-florissant. Les
arts et les sciences y ont un trône. Les édifices
publics sont superbes. C'est la patrie de plusieurs grands hommes. Le sol est fertile, et,
comme la France, produit des grains de toute
espèce.

La ville est entourée....... *par un large et
profond fossé.* C'est aussi comme en France !

Oh ! l'excellente idée qui m'est venue pour
sortir de Nuremberg.

Je termine.........

Waldoasoenn 29 mars , 10 heures du soir.

MON AMI ,

J'avais quitté Nuremberg le 26 au soir. Je voyageais assez gaiement dans la poste du gouvernement. Déjà j'avais laissé derrière moi Werdeun avec ses forêts et son mauvais térrain , son pain noir et ses pauvres paysans.

J'arrive à Waldoasoenn où finit la Bavière , et où ont commencé pour moi de graves embarras. Un petit ruisseau sépare le royaume de Bavière de celui de Bohême. Je l'avais franchi, et déjà je foulais le territoire autrichien, quand les employés, placés à la barrière pour examiner les passeports et les viser , nous arrêtent.

Je me trouvais seul étranger. Il vous est impossible d'aller plus loin, me dit-on , votre passeport n'étant pas revêtu du visa de l'ambassadeur d'Autriche à la cour de France.

Quel parti prendre ? Je laisse ma malle au bureau de la barrière, et je reviens à pied à Waldoasoenn retrouver un M. Fleischer avec lequel j'avais voyagé depuis Nuremberg , et qui m'avait donné des preuves d'attachement.

En apprenant ma position fâcheuse, il me prodigua toutes sortes de complaisances et de soins ; il me conduisit lui-même à l'hôtel du Cloître, et le lendemain matin ( 28 ) me fit monter avec lui dans la voiture de son père. Nous allâmes renouveler mes instances auprès des employés : tout fut infructueux.

Il put seulement, en se donnant pour ma caution, obtenir de me faire entrer dans Egre pour parler le commissaire de police et le bourgmestre : toujours réponse négative.

Cependant , j'utilisai ma présence en cette ville. Après déjeûner nous fûmes la visiter.

Les rues sont bombées et mal pavées.

Nous fimes le tour d'une église qui a plusieurs autels placés en dehors. Sur un de ces autels consacré à la Vierge, brûlent jour et nuit des espèces de torches.

A un autre, on voit l'emblême du Seigneur couché dans des rochers.

Nous ne poussâmes pas plus loin notre promenade. Nous repassâmes la barrière, et il fut décidé que je ne partirais de Waldoa-soenn que le samedi 30 pour me rendre à Hoff, Chemnitz et Dresde où je trouverais l'ambassade française et autrichienne.

Mon protecteur ne m'a pas quitté. Nous avons passé le reste de la journée à visiter les environs de la ville de Waldoasoenn.

Au milieu d'une place est élevée une statue représentant saint Nepomann, dit saint Jean.

Ce saint est en vénération par toute la Bohême. Si l'on en croit les chroniques du pays, il fut précipité dans la Moldau ou Wultava par ordre du roi de Bohême, l'an 1383. On raconte encore qu'à l'endroit où il tomba, les eaux s'entrouvrirent et laissèrent leur lit à sec. Son crime était de n'avoir pas voulu révéler la confession de la reine.

Non loin de cette statue, l'on voit l'église cloître des Bénédictins; elle est d'une grande beauté, ornée de peintures et de dorures admirables. Les voûtes ont coûté à peindre dix millions de florins.

Il y a vingt ans, le gouvernement s'empara des revenus de ce monastère et dispersa les moines dans des cures de campagne. Il prit aussi deux cloches d'un argent pur et une de métal.

Cette église sert maintenant de cathédrale.

De là, nous avons passé la frontière et nous avons visité une belle fabrique de cotons, située au pied d'une montagne.

Sur une montagne plus élevée est bâti le cloître de Sainte-Laurette, où vivent encore soixante religieux. Le point de vue est inexprimable.

Ce matin M. Fleischer m'a conduit dans sa voiture à une petite ville voisine dont je ne me rappelle pas le nom. Mais la cérémonie pieuse dont j'ai été témoin ne sortira jamais de mon souvenir. Le concours des fidèles était grand. On célébrait une fête de vierge : on fêtait la mère de Dieu, comme elle mérite de l'être.

Aux orgues qui sont d'une harmonie délicieuse, un grand nombre de musiciens alliaient des accords doux comme les vertus de la sainte du jour, et qui semblaient partir des harpes d'or du ciel.

On ne fait pas le signe de la croix comme en France. On se frappe trois fois avec la main droite ouverte : au front, sur la bouche et sur la poitrine.

Les femmes sont d'une rare beauté. Leur mise est toute particulière. Leur belle et longue chevelure est entrelacée à un *hoc-honn* (haute coiffure), espèce de diadême brodé en soie et étincelant d'argent, d'or et de pierreries. De ce diadême s'échappent de larges tresses de cheveux et cinq rubans qui vont se jouer sur des épaules d'une blancheur éclatante et flotter sur le dos.

Les hommes portent des cheveux très-longs, leur costume a quelque chose d'antique. Une grande pâleur est la seule chose remarquable dans leurs traits.

Là s'est terminée notre journée. Rentré à mon hôtel, j'ai cherche un instant de consolation en m'entretenant avec toi : *un ami est une si douce chose.*

ADIÉU.

Chemnitz, 1er avril, 10 heures du soir.

MON AMI,

Avant hier je quittai Waldoasoenn, ainsi que M. Fleischer qui pendant mon séjour en cette ville, sans me connaître, a eu pour moi la tendresse et les soins d'une vieille amitié. Homme généreux, recevez encore ici l'assurance que votre souvenir fera toujours battre mon cœur !

Depuis Weenfirdel jusqu'à Hoff, il m'a fallu traverser une solitude; attentif à suivre les pas de mon guide, j'ai parcouru des forêts, foulé des bancs de neige, gravi des rochers, cotoyé de vastes marais. Rien dans cet intervalle ne parle de l'homme. C'est la nature dans son horreur et sa simplicité.

Enfin après bien des fatigues, je suis arrivé à Hoff, à huit heures du soir.

Hier matin , je visitai une partie de eette ville , les maisons sont assez belles ; elles ont toutes deux étages , toutes sont peintes en blanc , les contrevents en noir : elles sont couvertes en ardoises , chose rare en Allemagne.

Dans le milieu des rues très-larges , des fontaines donnent une eau limpide.

A une heure après midi, je montai en voiture pour Chemnitz. 22 lieues de trajet. Sytes variés. Ici des montagnes , là des forêts , plus loin des prés arides. Beaucoup de neige dans les ravins.

Ce matin , me rappelant que M. Salat que j'avais rencontré à Kell , et qui avait été mon compagnon de voyage jusqu'à Nuremberg , habitait Chemnitz, je me suis empressé d'aller le voir. Je l'ai trouvé avec son frère qui parle français mieux que lui encore. Nous avons passé la journée tous les trois ensemble ; nous avons parcouru l'intérieur et les alentours de la ville.

Beaucoup de régularité dans la construction et dans l'alignement des rues. Fabriques et fonderies d'argent, de cuivre, de plomb.

Hors les murs sont les carrières d'où l'on extrait ces métaux.

L'uniforme des mineurs a quelque chose de singulier, de risible et d'élégant.

Le haut du pantalon offre un amas de petits morceaux de cuir noir placés les uns sur les autres, de manière à imiter l'écaille des poissons, ou la cotte de maille de nos vieux chevaliers.

La veste est une petite blouse, couleur de fer brut; elle s'arrête aux reins : le col figure une pélerine à plusieurs rangs.

Plus loin, jai trouvé la forêt où le pape fit poursuivre Luther, et les ruines du château où le moine apostat resta caché pendant un an. C'est dans cette retraite, disent les récits, qu'il traduisit la bible en allemand.

Sur 20, ooo habitans, Chemnitz ne compte que 3 ou 4oo catholiques.

Les temples protestans sont ornés d'autels et de christs.

Je clos ma lettre, car je pars à l'instant pour Dresde.

ADIEU.

~~~~~~~~~~~~~~~~~~~~~~~~~~~~~~~~~~~~~~

<div style="text-align: right">Dresde, 3 avril au soir.</div>

CHER AMI,

Tu as partagé mon chagrin, partage aussi ma joie. Après bien des démarches, des instances, des renvois de l'ambassade de France à l'ambassade de Saxe, de l'ambassade de Saxe à celle d'Autriche, et *vice versâ*; en un mot, après un mal extrême, je viens enfin d'obtenir l'autorisation de poursuivre ma route. N'était-ce pas le supplice de Tantale? A 36 lieues du but tant désiré, être arrêté tout court! Maudites formalités! Mais patience! Plus d'obstacles! J'y serai bientôt! Je respire!

Comme je ne puis partir que demain, deux mots sur les observations que j'ai pu saisir pendant les courses que les ambassadeurs m'ont fait faire.
~~~~~~~~~~~~~~~~~~~~~~~~~~~~~~~~~~~~~~

Figure-toi , une belle et vaste vallée que fer-
tilise un beau fleuve. Figure-toi une superbe
cité qui s'élève au milieu de cette vallée et que
ce beau fleuve sépare. D'un côté Dresde , et
l'Elbe de l'autre.

Le pont qui réunit les deux côtés de cette
belle cité, est admirable par son étendue et
sa hardiesse ; il est suspendu sur 16 arches, et
son double trottoir a 1850 pieds de longeur.

Au milieu et dans un enfoncement, la piété
trouve à se reposer au pied d'un haut calvaire
en cuivre. On y lit cette inscription :

« Par Georges II. »

Le Roi possède plusieurs palais , les toîts en
sont de cuivre. La galerie de l'un de ses palais
renfermait jadis les plus beaux tableaux de
l'Allemagne.

Deux tours d'église sont de couleur verte.

A chaque heure de la nuit, des hommes de

ville poussent des hurlemens avec un serpent, et puis ils chantent ce qui veut dire en français :

« Dormez, il est telle heure, tout est tranquille ». Singulier usage ! réveiller les gens pour leur dire de dormir !

ADIEU.

**CHER AMI,**

C'est dans trois heures, trois mortelles heures que je vais enfin partir pour ne plus m'arrêter qu'à Prague. Mon impatience est extrême....... Voilà une plume ! tant mieux ! écrivons :

Jusqu'aux frontières de la Bohême, la route est belle et agréable. L'Elbe long-temps l'accompagne.

Je te salue, ô Bohême ! je te revois pour la troisième fois ( Voir les 27 et 28 mars ).

Et puis après avoir marché au pas, pendant 3 lieues sur des montagnes, dont le front superbe était couronné de neige, j'arrive à 6 heures du soir, à la vallée de *Cou'm* ( ULM ). Ses échos retentissent encore de notre gloire française. Coulm n'a-t-elle pas été le théâtre de la grande victoire que Napoléon remporta sur les armées autrichiennes ?

Dans le milieu de la vallée, où donna le plus fort de la mêlée, on a construit une auberge où nous changeâmes de chevaux.

Sur le champ de bataille, là où périt un prince autrichien, on a élevé un beau monument, semblable par sa forme à celui que, sur la place St.-Etienne de Caen, l'amour des Normands érigea au duc de Berry à son retour de l'exil.

A la pointe, un aigle vient déposer une couronne.

Sur les marches un lion est couché.

Non loin de là, un autre monument couvre la place où un général prussien tomba sans vie. Son aspect tout noir inspire des idées sombres comme la mort.

Ça et là des ossemens humains, que l'on trouve en pratiquant une nouvelle route, sont rassemblés pour être déposés dans un cimetière voisin.

Teplitz est une petite ville située au sein d'un vallon fertile. Le penchant des montagnes qui l'entourent est couvert de chênes.

Sur une place, devant la plus belle église de la ville, l'œil contemple une fontaine en pierre qui s'élance dans les airs. L'architecture en est gothique et majestueuse ; elle représente le fils de l'homme sur un nuage, et le jugement dernier.

C'est aujourd'hui le vendredi saint, j'ai assisté au service divin. La musique m'a ravi.

On ne baise pas la terre ni le Christ comme en France.

Les croix ne sont pas voilées. Les cérémonies religieuses sont tout-à-fait différentes.

Le maitre-autel était orné de six vases d'or, d'où s'élançait avec grâce une tige de cette fleur que cultive le cœur de tous les bons français. Car le lys en Bohême est en grande vénération, comme emblême du courage et de la vertu.

Les cimetières sont plus beaux que celui du père Lachaise. Chaque tombe est surmontée de plusieurs croix de fer doré et d'un beau travail. Sur ces croix on lit le nom du chrétien qui repose, le jour où il s'est endormi : chaque croix renferme dans son sein des cheveux et des bijoux, dépôt sacré, dernier adieu de la famille.

ADIEU.

Prague , 6 avril , 1o heures du soir.

MON AMI ,

Terre ! terre ! s'écrie le matelot en découvrant au loin le rivage , et les transports de sa joie redoublent, quand sautant sur la rive, il presse dans ses bras tout ce qu'il aime au monde. C'est une faible idée du bonheur que j'ai ressenti ce matin en entrant dans Prague. Prague à jamais célèbre, car il est dévenu l'asile de l'innocence proscrite d'une grande et royale infortune !

Avant de courir où m'emporte mon amour, ciel ! encore des formalités à remplir !

A l'extrémité d'un pont jeté sur les fossés de la ville sont placés les bureaux de police et de la douane. Là, il m'a fallu déposer mon passeport, et, en échange, l'on m'a remis une carte de sûreté, ou se trouve tracé en plusieurs langues ce que le voyageur doit faire pour son séjour.

A peine ai-je pris le temps de prendre un guide à l'hôtel du Lion-Blanc, de l'autre côté de la Moldau, à l'extrémité de la ville, vers le levant, où je suis descendu de préférence, car non loin de là est le palais de nos princes, vers lequel j'ai dirigé mes pas impatiens : et déjà il était onze heures ! encore des entraves ! D'abord entrer au bureau du commissaire en chef de la police qui réside au palais. Absent. L'on m'a présenté à l'inspecteur qui par bonheur parle français. C'est un homme à manières fort polies et qui m'a très-bien reçu. Je lui ai manifesté le désir de parler MM. Le Gros et Le Lièvre, valets de chambre du Roi et de M<sup>me</sup>. la Dauphine, car pour être admis, il faut être connu.

Pendant qu'on était à les prévenir de mon arrivée, est survenu M. le commissaire. Il m'a demandé mes papiers et questionné sur le but de mon apparition. Il m'a semblé satisfait de mes réponses.

Alors, M. Le Gros est entré, il n'a eu que le temps de mé serrer la main, et il est reparti en me disant qu'il allait envoyer M. Le Lièvre qui ne s'est pas fait attendre. Nous nous sommes embrassés comme deux vieux amis, et je lui ai remis une lettre à son adresse dont je m'étais chargé. Il m'a dit que je ne pourrais pas voir les princes aujourd'hui; qu'au reste, il allait venir passer la soirée avec moi à mon hôtel.

M. le commissaire m'a gardé tous mes papiers et m'a engagé avec affabilité à revenir demain matin : je serai seul, me dit-il, j'aurai quelque chose à vous communiquer. Il m'a paru dévoué à la famille de France.

De retour à mon hôtel, j'ai pris un peu de repos, et cet après midi, je me suis promené par la ville, je n'ai bien remarqué que le beau pont qui s'étend sur la Moldau. 14 groupes de statues, offrant divers emblèmes religieux, le bordent de chaque côté.

Ce soir, sur les 7 heures, M. Le Lièvre m'a

tenu parole. Notre entretien a roulé, tu le conçois, sur la famille, sur leur voyage d'Holyrood à Prague, sur les dangers de la traversée. Puis il m'apprit que mon arrivée était connue au château ; mais il craint que je ne puisse être introduit demain à cause de la solennité de Pâques.

Quand il m'a eu quitté, je me suis mis à écrire trois lettres : une à Madame de Gontault. Je lui demande une audience et lui annonce que je suis porteur de différens petits objets venant de France, destinés à Mademoiselle. L'autre à M. de **La Villatte** pour solliciter la même faveur, et remettre à Monseigneur le duc de Bordeaux quelques souvenirs d'attachement et de fidélité que lui envoient des Français.

La troisième est pour toi.

ADIEU.

~~~~~~~~~~~~~~~~~~~~~~~~~~~

Prague, 7 avril.

MON AMI,

Bonne nouvelle ! Peines, inquiétudes, fatigues, tout a disparu. Je serais allé au bout du monde, que ce ne serait pas payer trop cher encore le bonheur qui m'attend ! Ils sont toujours les mêmes, toujours bons, affables, reconnaissans !

Eh bien, oui ! sache que ce matin, M. le commissaire m'a appris qu'il avait été décidé chez le roi que je pouvais entrer au château toutes les fois que je le désirerais, et que les audiences que je demanderais me seraient accordées. C'est un brave homme que ce commissaire, et je l'aime !

Il s'est ensuite chargé de remettre lui-même ma lettre à M<sup>me</sup>. la duchesse de Gontault.
~~~~~~~~~~~~~~~~~~~~~~~~~~~

Quant à celle de M. de La Villatte, inutile. Il avait ordre de me conduire chez lui.

Le bon chevalier m'a reconnu ; nous nous sommes embrassés. — Que venez-vous faire ici, mon cher Corbel? ou plutôt, je le sais. Vous ne pourrez pas voir les princes aujourd'hui ; mais je vais conférer avec M. le baron de Damas et M<sup>me</sup>. de Gontault pour demain. Adieu, je suis forcé de vous quitter pour accompagner Monseigneur à la messe. A demain.

Que de franchise dans le caractère de ce brave chevalier ! que de bienveillance ! que d'affection ! mais qui révèlent hautement les sentimens des proscrits pour les Français qui lui sont attachés !

Le cœur rempli d'une douce émotion, j'ai dirigé mes pas vers la cathédrale qui tient au palais : et là, réunie dans la tribune de l'empereur d'Autriche, toute la famille priait. J'ai donc pu rassasier mes yeux de leur présence auguste et chérie.

Après la messe, tout occupé de ce que

j'avais vu , rêvant de plaisir et d'espoir , je suis revenu à mon hôtel où seul, heureux et mélancolique, j'ai donné un libre cours à mes pensées d'amour qui sont allées tomber sur l'injustice du sort et l'ingratitude des hommes.

Que demain me semble loin encore ! Sortons. Et tu sais de quel côté mon penchant m'a ramené.

Sous la montagne qui domine la demeure des rois, une église était ouverte. C'était l'heure des vêpres ; l'office s'y est fait comme en France, excepté le signe de la croix.

Ensuite, continuant ma promenade, je suis arrivé à un lieu appelé *la porte du Lion-Couronné*, sur la gauche : une grande foule se rendait au fort Saint-Laurent, montagne qui forme l'amphithéâtre, derrière la montagne du palais : c'est là que les fidèles viennent faire le chemin de la croix.

De distance en distance, en gravissant toujours, sont placés des autels et les stations.

Sur le sommet est une église déserte. Près

d'elle, au nord, sur un rocher append le tableau de Jésus sur sa croix et des bourreaux qui l'attachent.

Plus loin, l'on trouve une petite chapelle et deux monumens, l'un figurant la descente de la croix, l'autre le tombeau du Seigneur.

De cette montagne la vue s'étend au loin, elle découvre toute la ville. Les sytes sont admirables.

Désormais, tu recevras de moi des détails plus intéressans pour ton cœur.

ADIEU.

# SECONDE PARTIE.

~~~~~~~~~~~~~~~~~~~~~~~~~~~~~~~~~~~~~~~~~~~~~~~~~~~

Prague , 8 avril.

MON AMI,

C'est aujourd'hui que j'ai eu l'honneur de
voir Monseigneur le duc de Bordeaux. A huit
heures du matin , je me suis rendu chez M. le
le commissaire de police qui demeure au palais ; il n'est point d'égards que cet étranger
n'ait pour nos princes : il m'a expliqué avec
quelle exactitude sévère la police s'exerçait
à Prague : pas un français, me dit-il, ne se
présente ici, sans que son nom soit connu
à l'avance ; je savais qu'un français nommé
*Corbel* avait été renvoyé à la barrière *d'Egre*,
parce que son passe-port n'était pas revêtu des
formalités suffisantes. Je ne puis m'empêcher
d'applaudir à cette surveillance dont j'ai été la
victime, et tous les bons français penseront
comme moi.
~~~~~~~~~~~~~~~~~~~~~~~~~~~~~~~~~~~~~~~~~~~~~~~~~~~

A 9 heures, j'ai été introduit chez M. de La Villatte : je l'ai trouvé fumant militairement sa pipe ; il m'a reçu avec sa cordialité ordinaire. Donnez-moi bien vite des nouvelles de la France, mon cher Corbel, m'a-t-il dit ; puis il a ajouté, oh ! j'en ai pour vous de personnelles qui vont vous faire plaisir. En effet, il m'apprit qu'à 5 heures du soir j'aurais audience de Monseigneur le duc de Bordeaux . Oh ! oui , c'était bien là une heureuse nouvelle !

Qu'il est intéressant ce brave chevalier de La Villatte ! Il me disait : causons de la France ; moi je lui répondais : causons de nos princes. C'était ainsi que toujours *France et princes* étaient nos mots d'ordre et de ralliement. Je ne l'ai quitté que lorsque l'heure de son service auprès de Monseigneur est arrivée. Il m'a donné rendez-vous pour 4 heures et demie du soir, et a été assez obligeant pour m'indiquer où il mettait la clef de sa chambre , et en me disant que je pourrais y entrer toutefois qu'il me le semblerait bon.

Ce jour-là point de promenade; je crains trop de manquer l'heure où je dois me rendre chez M. de La Villatte, pour être ensuite présenté à Monseigneur. Oh! qu'il ma paru long le temps qui s'est écoulé entre mes deux visites : enfin l'heure arrive, et je cours chez ce bon chevalier. J'ai la douleur d'apprendre que la promenade de Henri avait été courte, parce qu'il s'était trouvé indisposé, et que peut-être je ne pourrais le voir, ainsi que je l'espérais; mais attendez, m'a dit ce vieux chevalier à moustaches blanches, je vais moi-même m'en assurer.

Je suis resté seul cinq minutes. Pendant ce court espace de temps, mon ame s'est livrée à la crainte et à l'espérance : l'espérance a triomphé.

Conduit chez M. le baron de Damas, il m'accueille avec la plus honorable bienveillance; il m'annonce que l'indisposition de Monseigneur n'était que peu de chose, qu'il va me recevoir à l'instant, et que j'allais lui remettre moi-même les divers présens qui lui étaient destinés.

Aussitôt je suis introduit dans la chambre de Henri, par M. de Damas. M. de La Villatte s'y trouvait : le prince était couché ; un mouchoir madras lui entourait la tête ; il l'ôte de sa main gauche, et se soulevant dans son lit, il me présente la main droite, et moi un genou en terre avec un respect, une émotion inexprimables, je porte mes lèvres sur cette main royale et je l'arrose de larmes de joie et d'attendrissement.

Le jeune prince, avec un sourire, m'ordonna de me relever ; alors me remettant peu à peu de ma première impression, je lui demande la permission de lui offrir les objets dont j'étais porteur.

Parmi ces petits présens, se trouvait un anneau que M. de La Villatte a passé au doigt de Monseigneur, et comme il exprimait le regret de voir que cet anneau était trop large, le prince avec vivacité dit : *Oui, mais c'est un bon défaut, mes bras et mes doigts prendront de la force.*

Je lui ai dit ensuite que j'avais aussi à lui offrir une petite canne que j'avais laissée dans l'antichambre. — *Voulez-vous bien aller me la chercher ?* Et puis, en la voyant : *je la trouve bien jolie; elle m'arrive fort à propos.* Le prince a lu avec un extrême plaisir plusieurs pièces de vers que lui adressaient deux élèves en droit de Caen : MM. Alf.. J...... et Ch...

Le jeune prince m'a dit : « Au surplus, Monsieur, vous êtes ici pour plusieurs jours, j'aurai le plaisir de vous revoir, et je vous remettrai quelques objets en échange pour les personnes de *France* qui sont assez bonnes pour penser à moi. » Je m'aperçus que le mot *France* était prononcé avec émotion.

Après m'avoir assuré lui-même que son indisposition n'était rien, il me dit : « Vous me verrez debout, M. Corbel, et vous me direz si vous me trouvez grandi depuis Holyrood. — Je quitte l'enfant-Roi. »

M. le baron de Damas m'assura que, pendant mon séjour, je serais admis auprès de Monseigneur le plus souvent possible.

En sortant du palais, je me rendis au bureau de M. le commissaire qui m'a remis une lettre de M^me. de Gontault : elle m'apprend que le léndemain j'aurais l'honneur d'être reçu par Mademoiselle, à l'heure de midi.

ADIEU.

MON AMI,

Je suis allé, à neuf heures du matin, chez M. le commissaire : il m'a appris que M^me. la Dauphine me recevrait demain.

J'ai été ensuite chez M. de La Villatte : notre entretien a été court, mais encore assez long pour entendre le récit de plusieurs anecdotes relativement *à Henri.* En voici une qui me concerne personnellement : comme le jeune prince était indisposé hier, je craignais , dit M. le chevalier , que vous ne fussiez pas reçu ce jour-là; j'en fis même l'observation à Monseigneur , mais il répondit : *Non... non, il m'excusera si je suis au lit, c'est un Fran-çais, faites-le entrer...*

Enfin l'heure de midi arrive : je suis annoncé chez M^me. la duchesse de Gontault et introduit dans un vaste salon où je restai seul quelques minutes. Bientôt après M^me. de Gontault se présente ; elle m'a fait mille questions sur la France : elle m'a parlé avec respect et admiration de cette mère héroïque dont tous les partis admirent le bouillant courage.

D'un deuxième salon, je vois venir enfin cette jeune et jolie princesse, modèle de grâce et de vertu : un sourire gracieux errait sur ses lèvres. Sa mise était simple, elle était coiffée en cheveux tressés.

Je lui ai exprimé avec une vive émotion combien je m'estimais heureux d'être admis en sa présence. Je lui présente aussitôt les divers objets que j'avais apportés pour elle, entr'autres une paire de gants que, pour mon compte particulier, j'avais eu l'honneur de lui offrir : elle m'a fait compliment de leur beauté, en me disant qu'elle voyait bien qu'ils avaient été faits en France. La jeune princesse a été très-sensible aux sentimens de fidélité de M^me. A.. L... F... qui lui adressait une lettre où se trouvait une pierre précieuse, taillée en forme de cœur. Elle s'est écriée! « *Que c'est* « *beau, que je suis enchantée de ce souvenir!* » Elle reçoit avec le même plaisir tous les autres cadeaux, et me demande, « *Savez-vous ce qui pourrait faire plaisir à ces dames, pour les remercier ?* » Un mot écrit de votre main, ai-je dit, un mot seulement, et elles seront contentes. Elle m'a parlé de son départ de France, des lieux où l'on s'était arrêté. Mme. de Gontault, de son côté, énumérait les circonstances fâcheuses de ce triste voyage dont le dernier terme était la terre étrangère et l'exil.

Mademoiselle, se tournant alors vers Mme. de Gontault, lui dit avec attendrissement : « *En France nous étions toujours bien !* »

Je félicitai Mademoiselle sur l'élégance de sa taille. Elle a grandi beaucoup depuis que je l'avais vue à Holyrood ( 19 mai 1832 ). Elle m'a répondu : *Je n'aurai pourtant que 14 ans le 21 septembre prochain : je suis de la taille de Monseigneur.*

4

En prenant congé de Mademoiselle , elle me dit qu'elle espérait me revoir, et que chaque fois que je le désirerais, je pourrais venir à l'heure de midi.

Je suis au comble du bonheur.

A demain soir.

MON AMI,

C'est donc aujourd'hui que j'ai vu de nouveau cette grande princesse, si bonne et si calomniée : c'est donc aujourd'hui que j'ai contemplé les traits de la fille de Louis XVI et de Marie Antoinette ; oh ! qui pourrait voir, sans le frémissement du respect et de l'admiration, la captive du temple replongée, non plus dans un cachot, mais dans les douleurs de l'exil.

J'ai été introduit, à midi, par M. Le Lièvre, valet de chambre de M<sup>me</sup>. la Dauphine. Bientôt àprès, elle-même s'avance vers moi, c'est elle qui la première m'adresse la parole en ces termes : « *Y a-t-il long-temps que vous êtes sorti de France, monsieur ; il paraît que vous avez éprouvé bien des difficultés pour entrer en*

*Bohéme* ». Ces paroles pleines de bonté m'ont ému jusqu'aux larmes, et je me suis dit encore : est-ce donc là cette princesse qu'on veut nous peindre si fière et si intraitable.

J'ai fait en peu de mots le récit de mon voyage, et j'ai annoncé à la princesse que j'avais passé le Rhin le 21 mars, et que je serais arrivé le 30 sans le long circuit que j'avais été obligé de faire : qu'au surplus, tout cela n'était rien en comparaison du bonheur que j'éprouvais à la vue de l'auguste famille pour laquelle seule j'avais entrepris ce voyage lointain. Je lui ai demandé la permission de lui offrir quelques objets venant de France, parmi lesquels se trouvait une lettre de M. M...... avocat à Caen, qui, sur la route de Falaise à Vire, avait accompagné à pied, les 10 et 11 août 1830, la voiture de M<sup>me</sup>. et de sa famille infortunée. M<sup>me</sup>. avec émotion : — « *Oui, il m'en souvient de ces jours, et le jeune homme n'est pas sorti de ma mémoire.* »

M<sup>me</sup>. m'a parlé encore de son voyage à Holyrood, de son voyage à Prague, et toujours avec la même bonté. Elle s'est affligée avec moi sur le sort de la malheureuse captive de Blaye; et m'a ajouté en finissant:

*Remerciez bien pour moi les personnes qui m'ont envoyé des souvenirs d'attachement et de dévouement, je ne les oublierai jamais ; soyez aussi notre interprète en France, et rendez compte, à ceux qui nous sont attachés, des vœux que nous formons pour leur bonheur.*

Oui, princesse, vous serez obéie ; oui, à mon retour en France , je ferai retentir partout vos paroles : vous faites des vœux pour la France , la France fait des vœux pour vous : la France et l'Europe ont maintenant les yeux fixés sur la Bohême; nous ne vous oublierons jamais, ô captive du temple, ô l'exilée de Prague.

M. le Commissaire m'anonça aussitôt que je pourrais voir demain , à midi, M. le cardinal Latil; je me rendis, après ces instans de bonheur,

chez M. de La Villatte, qui dans notre conver-
sation , voulut bien m'informer que Monseigneur n'avait connu qu'après sa première
communion , par quel genre de mort son in-
fortuné père avait été ravi à l'amour si bien
mérité de tous les Français.

C'est assez.... je termine.

ADIEU.

MON AMI,

Ce matin, à 10 heures, M. de La Villatte m'a conduit chez Monseigneur le duc de Bordeaux, mais nous n'avons pas trouvé d'abord le jeune prince, parce que tous les jours, à la même heure, la royale famille se réunit chez le roi Charles X. Au sortir de cette réunion, Henri est rentré accompagné de M. le baron de Damas.C'est alors qu'il a dit à ce vieux serviteur: « *Voilà M. Corbel dont nous nous entretenions il y a un instant.* S'arrêtant devant moi. « J'ai quelque chose à vous remettre, venez dimanche me voir, je serai bien aise de vous parler. » L'heure du rendez-vous fut fixée pour cinq heures du soir.

Aimable enfant, je l'aimais avant de le connaître, je l'aime cent fois plus encore depuis que j'ai pu apprécier ses manières affables, et surtout son bon cœur, *son cœur de Bourbon.*

C'est à midi que j'ai été introduit chez M. le cardinal Latil; il m'attendait. Nous avons eu ensemble un long entretien. Je me rappellerai toujours l'accueil gracieux de ce vénérable prélat, indignement calomnié par des hommes qui ne triomphent que par le mensonge; il leur pardonne, et de la terre d'exil, ce vieil apôtre du Christ et de l'infortune bénit encore la France : il laisse tant d'amis en France, tant d'amis, surtout dans ce clergé dont il a toujours été un des plus beaux ornemens.

Après avoir quitté M. le cardinal, j'ai été chez M. le commissaire qui m'a fait voir le palais : il a plus de trois mille ouvertures en-dehors, plus de huit cents pièces habitables, non compris les salons, antichambres et corridors.

La façade, vers le midi, présente une longueur de plus de 1500 pieds. La façade du palais, vers le nord, n'est pas aussi régulière.

Dans la cathédrale, on voit le tombeau de saint Népomann dont nous avons déjà parlé; il est élevé sur les cendres mêmes du saint. A ses extrémités, sont dressés deux autels. Au milieu du monument est placée la statue du saint, de grandeur naturelle ; il tient dans ses bras un crucifix. Aux quatre coins du tombeau quatre anges veillent les ailes déployées. Monument, statue, crucifix, anges, tout est coulé en argent massif.

Plus loin, on voit le tombeau des trois derniers rois qui ont régné en Bohême. Il est de neuf pieds de hauteur sur 21 de large et 27 de long. Les trois rois sont représentés avec l'uniforme et l'armure de leur siècle.

A droite, en entrant, on aperçoit une chapelle dont la porte de fer ne s'ouvre qu'à certains jours de l'année : un grand anneau de cuivre est l'objet d'une vénération toute particulière. Un roi de Bohême tenait cet anneau dans ses mains lorsqu'il fut assassiné par son frère.

Des hauteurs de la ville, on distingue plus de cent clochers.

De belles promenades et des jardins anglais très-élégans sont ouverts tous les jours à la curiosité du public.

ADIEU.

MON AMI,

J'ai eu le bonheur de revoir aujourd'hui Monseigneur le duc de Bordeaux. J'ai pu contempler les traits de cet auguste vieillard qui conserve toujours, au milieu de ses malheurs, la majesté d'un roi ; le Dauphin l'accompagnait, le Dauphin au cœur soldat et vraiment français. Je les ai vus lorsqu'ils se rendaient à la chapelle du palais. Je n'oublierai jamais les bienveillantes paroles que m'adressa le vieux Roi. Oh ! quel contraste ! Hier il était entouré de courtisans, de doctrinaires, de sujets dévoués jusqu'à la mort, et qui ne l'ont pas même été jusqu'à l'exil, et aujourd'hui, le voilà presque seul, entouré seulement de quelques vieux serviteurs toujours fidèles au fils de St.-Louis et de Henri IV. Quel spectacle, de voir ces rois sans diadême , mais non sans gloire , à genoux devant Dieu ! Oh ! que cette messe était solennelle ! Je m'écriai aussi , à la vue de ces grandeurs humaines : « *Dieu seul est grand !* »

Je n'ai pu voir le duc de Bordeaux qu'après l'office , parce qu'il se sentait indisposé. Il m'a dit en arrivant : *Mon indisposition n'est rien , je vous attendais, monsieur , je m'occupais de vous et des personnes qui m'ont témoigné leur attachement.*

C'est alors qu'il m'a remis plusieurs petits paquets de ses cheveux ; il a eu soin de les signer. Il m'a remis encore plusieurs lithographies à son image et parfaitement ressemblantes' en échange des objets que je lui avais apportés , il a ajouté : *Dites aux personnes à qui vous remettrez ces choses , que ce sont bien mes cheveux , et que la lithographie est bien ma ressemblance. Répétez à ceux qui nous sont dévoués en France, que Henri ne cesse de faire des vœux bien sincères pour leur bonheur. Dites que j'ai....*

Le jeune prince me promit encore de me recevoir avant mon départ.

C'est ainsi que le duc de Bordeaux pense toujours à la France et à ses amis : *France et amis*, voilà la pensée de tous ses jours : console-toi, fils de Henri IV, la France ne sera pas toujours ingrate : la France te paiera de retour.

Adieu.

Mon ami,

C'est aujourd'hui que Mademoiselle a bien voulu recevoir mes adieux, et que je suis allé recueillir les dernières paroles de l'enfance. Cela porte bonheur.

Comme je m'avançais vers le salon, j'ai rencontré M. Latil à qui j'ai annoncé mon départ. Il s'est beaucoup informé de ses anciens amis de Normandie, entr'autres du premier pasteur de l'évêché de Bayeux et de M. J.... avocat à Caen, en me chargeant de leur dire qu'il ne les avait pas oubliés.

Mademoiselle ne s'est pas fait attendre long-temps, elle est entrée accompagnée de M<sup>me</sup>. la duchesse de Gontault. Emu de respect et de reconnaissance, j'ai cherché à lui exprimer combien j'étais heureux d'avoir été admis deux fois en sa présence. Elle m'a répondu en souriant, et de la manière la plus noble et la plus gracieuse, qu'elle aimait toujours à voir de fidèles serviteurs. Et puis comme je lui manifestais ma crainte d'échapper à son souvenir, elle a saisi une plume et tracé de sa propre main ces mots qu'elle m'a donnés, et qui valent pour moi les plus beaux titres de noblesse. » *A M. Corbel que je n'oublierai pas*, Louise. » Elle m'a encore dit, en me remettant deux papiers pliés : « *Voilà pour les deux personnes qui ont bien voulu m'adresser leur souvenir ; c'est un témoignage de ma satisfaction personnelle* ».

Avant de la quitter, j'ai n'ai pu m'empêcher de promener mes regards sur sa belle chevelure, tressée comme celle des dames allemandes dont je t'ai parlé. Je désirais tant en avoir une esquisse ! Mademoiselle, comme si elle eût lu dans ma pensée, a crayonné rapidement sa coiffure, et m'a fait présent de ce petit tableau, que je destine à devenir le plus bel ornement de mon humble toît.

A la fin de cette touchante entrevue qui a duré près d'une heure, un souvenir et des vœux se sont élancés de sa poitrine pour les amis que je lui assurais qu'elle avait en France, et en me disant adieu, elle s'est écriée : *Ces bons Français ! ils pensent donc à moi ! Pensent-ils aussi à ma chère maman !* et, elle s'est échappée se jetant le front dans ses mains, et poussant un soupir qui est allé retentir jusqu'au fond de mon âme, et qui m'a fait répandre des larmes abondantes.

O sœur de Henri, oui, les Français pensent à votre mère ! en France la gloire et le courage font toujours palpiter les cœurs.

Après avoir adressé toute ma reconnaissance à M$^{me}$. de Gontault, si digne, par ses talens et sa fidélité, du poste de confiance et d'honneur qu'elle occupe auprès d'une enfant de France, je me suis arraché avec douleur du palais de l'exil. Je me suis dirigé vers les bords de la Moldau, promenade accoutumée de notre Henri. Je l'ai rencontré dans sa calèche découverte, et il m'a envoyé le salut du soir.

ADIEU.

Mon ami,

J'ai commencé par me rendre ce matin à huit heures chez M. de La Villatte. Il m'a appris que Monseigneur le duc de Bordeaux lui avait demandé l'heure de mon départ, et qu'il lui avait répondu que je devais partir le soir. Alors le jeune prince a dit au chevalier : « Eh bien, *invitez-le à venir au manége à une heure après midi, afin qu'il voie lui-même comment je sais monter à cheval.* »

Je n'ai pas manqué de m'y rendre. Le manége est à une certaine distance du palais ; il appartient à un prince de Bohême : près de là est un magnifique jardin au milieu duquel s'étend une pièce d'eau où le jeune prince a patiné l'hiver dernier. C'est par les soins du prince de Bohême que le manége et les environs sont ainsi disposés pour l'agrément de Monseigneur le duc de Bordeaux.

En me voyant entrer, Henri m'a adressé la parole en ces termes : *Sachant que vous ne partez que ce soir, je vous ai fait dire de venir assister à ma leçon d'équitation, persuadé que cela vous ferait plaisir. Et puis ,* en me montrant du doigt la tribune : *allez auprès de ces messieurs* (1).

Bientôt il a monté à cheval : il a fait preuve, dans ses exercices, d'une habileté au-dessus de son âge : toujours attentif, toujours bienveillant, il m'a fait un signe de main pour m'engager à me couvrir. Cette leçon a duré trois quarts d'heure : le jeune prince, à peine descendu de cheval, m'a dit , du milieu du cercle que nous avions formé autour de

(1) Pendant que le prince faisait ses préparatifs, ces messieurs m'ont parlé de M. Th... avocat , et m'ont prié de lui dire que la famille royale connaissait avec quelle énergie il avait parlé de M<sup>me</sup>. la duchesse de Berri , aux assises de Caen ; ils se sont aussi entretenus avec moi du capitaine G.. dont ils ont vanté le courage.

lui : « *Vous partez donc aujourd'hui, M. Corbel ? que vous êtes heureux de retourner en France !*

Oh ! oui, je suis bienheureux, car j'aime mon pays, mais combien plus heureux je serais encore si tous les exilés pouvaient y revenir avec moi ! A ces mots le prince m'a présenté la main, je l'ai baisée avec attendrissement, je ne pouvais calmer mon émotion ni retenir mes larmes. Je le priais de me dire encore une parole pour la répéter à ses amis à mon retour ; il a répondu avec vivacité : *Dites-leur que quand Henri rêve, c'est de la France.*

Et le prince avait disparu, et je le suivais encore des yeux.

ADIEU.

~~~~~~~~~~~~~~~~~~~~~~~~~~~~~~~~~~~~~~~~~~

<div align="right">Egres , 18 avril au soir.</div>

Mon ami ,

J'ai fait bien du chemin depuis hier soir : reverrrai-je bientôt ces princes que je viens de quitter ? Sont-ils condamnés à vivre du pain de l'étranger, à mourir chez l'étranger ? Que deviendra cet enfant royal, objet de tant d'espérances ? Dès le sein de sa mère, le génie révolutionnaire lui déclare une guerre à mort : et plus tard, il est banni de l'héritage de son père, et proscrit; Dieu aurait-il voulu saper par la base la vieille dynastie d'Henri IV ? Oh sans préjuger l'avenir, nous pouvons laisser aller nos cœurs à de grandes espérances. *Autrefois un enfant a sauvé le monde.*

Je suis arrivé aujourd'hui à Carlsbard, à 10 heures du matin. Je me suis promené dans la
~~~~~~~~~~~~~~~~~~~~~~~~~~~~~~~~~~~~~~~~~~

ville, accompagné d'un vieux militaire, entendant bien le français, que le conducteur m'a donné pour guide.

Après avoir visité plusieurs établissemens qui rivalisent de richesses et de beauté, j'ai voulu voir ces fameux bains d'eau bouillante qui portent le nom de Carlsbard, c'est-à-dire, bains de Charles. Voici l'anecdote curieuse qui m'a été racontée dans le pays. Le Roi Charles IV était à la poursuite d'un cerf, l'animal vigoureusement lancé, se précipita du haut de la colline au milieu de la vallée. Quelque temps après, des paysans l'aperçurent au milieu de l'eau. Chose extraordinaire et merveilleuse! son corps était cuit comme si on l'eût déposé dans l'eau bouillante; voilà pourquoi on les appelle *bains de Charles*, ou Carlsbard.

Moi-même, jai fait l'expérience de cette source fameuse, en y trempant le doigt. Elle est entourée d'un grillage de fer, l'eau jaillit avec une telle force, qu'elle s'élève à plus de 15 pieds de hauteur, pour retomber ensuite en gerbe transparente. Près de là, on voit encore cinq sources un peu moins chaudes. Ce qui forme un grand contraste, c'est une autre fontaine, qui projette une eau presque glacée.

Pour arriver jusqu'à Carlsbard, il faut descendre si bas, que cette ville semble souterraine. En arrivant du coté de Prague, on parcourt une route étroite et hardiment coupée le long des rochers. Il est difficile de se faire une juste idée de l'extrême rapidité de cette route qui, toujours serpentant, toujours s'inclinant, conduit enfin à la ville. J'ai aussi remarqué de belles promenades, et des sentiers taillés dans le roc, qui conduisent au sommet de la montagne couverte d'arbres verts : c'est de là qu'on découvre non seulement la ville, mais encore un horison immense.

De distance en distance, sont construits de nombreux pavillons : on m'a fait remarquer celui qui a été bâti au lieu même d'où le cerf s'élança.

C'est la malle-poste de Bavière qui doit me conduire à Nuremberg ; me voilà , grâce à mon mauvais destin , en compagnie d'hommes parlant fort bien l'allemand , mais ne sachant pas un mot de français : car je n'ai plus mon vieux conducteur.

ADIEU.

MON AMI,

Après avoir mis ma dernière à la poste d'Egres , je m'occupai de faire viser mon passe-port pour pouvoir poursuivre en securité ma route vers Stuttgard. Ce ne fut pas sans difficultés que je pus l'obtenir. Tu as entendu parler des troubles politiques qui ont éclaté à Francfort et qui avaient pour but de procurer au pays les douceurs d'une liberté semblable à celle qui pèse sur la France depuis les glorieuses. Tu sais que ces beaux efforts d'indépendance n'ont pas été couronnés par une bienheureuse révolution ; apprends de plus que la liberté des voyageurs s'en est trouvée fort mal. Partout, à chaque poste, jusqu'au Rhin, nous avons été soumis à la plus rigoureuse inspection. On croyait voir partout des conspirateurs, comme les libéraux de France voyaient de tous côtés, avant 1830, les curés entassant dîme sur dîme dans leurs granges, et les seigneurs faisant battre leurs étangs par ce pauvre peuple ! Que veux-tu ? C'est le siècle des visionnaires !

Comme cette lettre est la dernière que tu recevras, qu'elle doit clore ma correspondance sur mon voyage, et qu'il me reste un peu de temps, je crois te faire plaisir en t'offrant dans un même tableau et les traits de notre Henri et ses exercices de la journée. Et puis, c'est toujours tant de bonheur pour moi, quand je puis reparler de cet aimable enfant, que naguère je voyais encore et à qui je n'ai pas dit adieu pour jamais.

TABLEAU SYNOPTIQUE.

La taille du prince est de 4 pieds 3 pouces et demi.

Elle est svelte, mais parfaitement proportionnée à sa hauteur.

Sa poitrine est belle et large.

Sa figure est d'une beauté accomplie; l'expression en est douce et fière.

Son teint est frais.

Ses beaux yeux bleus ne peuvent se peindre.

Ses cheveux blonds, comme ceux de sa mère, ont beaucoup bruni depuis un an.

Son air est tour-à-tour gracieux et intrépide, sa démarche legère et grave.

Henri se lève tous les matins à cinq heures et demie.

Il donne à Dieu sa première pensée ( Peutêtre la partage-t-il entre le Ciel et la France ! )

Leçon d'armes jusqu'à sept heures moins un quart.

A sept heures, sous M. de Barenthe, leçon de latin, histoire, géographie , etc.

A huit heures, il mange la soupe comme un soldat.

Après ce premier repas, les études recommencent jusqu'à neuf heures.

A neuf heures et demie, il se rend chez son aïeul où toute la famille se réunit.

Il y reste une demi-heure.

De 10 à 11 heures, il s'entretient avec M. le baron de Damas.

De 11 heures à midi, leçon d'histoire avec Mademoiselle.

A midi, il prend un repas.

A une heure, au manége, leçon d'équitation. De là, il monte en voiture. La promenade dure jusqu'à 3 et 4 heures.

A cinq heures, leçon d'Allemand.

A six, dîner.

A sept, réunion de famille chez le Roi Charles X ; le jeune prince y passe une heure, et à son retour, il se couche.

———

O vous que la haine et la calomnie ont égarés, vous dont la poitrine se soulève encore de colère au nom de cette famille de rois que vous avez réduite à manger le pain si amer de l'exil ; oh ! s'il vous était donné de l'approcher, de la connaître, d'apprécier son cœur comme moi, ce cœur qui ne sait pas murmurer une seule plainte contre vous, ce cœur qui vous pardonne, qui ne pense qu'à la France, à votre bonheur, j'en atteste le ciel à la vue de tant de grandeur d'âme, de tant de bonté, de tant de vertus, et surtout en présence d'une si imposante infortune, vous dépouilleriez vos sentimens farouches, comme le lion de l'histoire déposa sa fureur aux pieds de la mère éplorée qui lui redemandait son fils.

Si vous voyiez de près la fille des rois, celle dont les malheurs suffiraient pour illustrer la France, celle que vous accusiez de ne pas pardonner à la France, parce que quelques Français, indignes de ce nom, ont massacré toute sa famille ; de ne pas aimer la France, parce que la tristesse voilait son front, comme s'il eût dépendu d'elle de sourire, en traversant la place publique où roula la tête de son père ! Si vous la voyiez priant pour ceux qui lui ont fait tant de mal, ne nourrissant pour eux que de la clémence, je dirai même de l'amour maternel ; cherchant , cherchant toujours à jeter le passé dans l'oubli, ne s'occupant que de faire des vœux pour l'avenir de la France ; oui , oui , vous cesseriez d'être injustes envers elle.

Et cette enfant , si jeune encore et pourtant orpheline et exilée, qui vous dirait, d'une voix déchirante, les mains jointes , et ses beaux yeux tournés vers vous, fondant en larmes : *Oh ! pensez à ma mère* ! à sa mère , qu'ils feront mourir en prison !........ Oui , votre cœur s'en irait en sanglots !

Et son frère , et Henri ! Oh ! passez un jour avec lui ; il est bon , affable , intrépide comme Henri IV. Avec quelle hardiesse il s'élance sur son cheval ! Quelle adresse , quel plaisir , quand il tient une épée à sa main. Son éducation n'est-elle pas toute française ? Comme il comprend son siècle ! C'est vous qui parleriez ainsi ! Oui , avant de le quitter , vous lui jureriez de mourir pour lui ; et en couvrant de baisers et de larmes ses mains , qu'il

vous tendrait avec émotion, avec reconnaissance , vous vous écririez : Cet enfant
est vraiment l'enfant de l'espérance ! C'est
l'homme des destins ! il accomplira de grandes choses !

Adieu.

www.ingramcontent.com/pod-product-compliance
Ingram Content Group UK Ltd.
Pitfield, Milton Keynes, MK11 3LW, UK
UKHW021431090726
13657UKWH00003B/1026